Antonio Candido, mestre da cortesia

Sancho amigo, has de saber que yo nací, por querer del cielo, en esta edad de hierro, para resucitar en ella la de oro. Yo soy aquel para quien están guardados los peligros, las grandes hazañas, los valerosos hechos.

Cervantes

Antonio Candido, mestre da cortesia

Cartas a Cláudio Giordano

imprensaoficial
GOVERNO DO ESTADO DE SÃO PAULO

Sumário

Explicação   7

    Cartas do prof. Antonio Candido

20 de maio de 1991	11
21 de dezembro de 1993	13
janeiro de 1999	15
29 de maio de 1999	15
29 de maio de 1999	19
27 de agosto de 1999	21
2 de outubro de 1999	23
9 de fevereiro de 2000	24
10 de fevereiro de 2000	25
15 de novembro de 2000	26
16 de novembro de 2003	29
29 de novembro de 2003	30
10 de junho de 2004	31
25 de abril de 2005	32
10 de agosto de 2008	33
25 de fevereiro de 2010	34
31 de janeiro de 2013	35
11 de fevereiro de 2013	37
16 de junho de 2014	40
19 de janeiro de 2015	42

Adendos

Flávio de Campos	47
Francisco Escobar	59
Luis Fernando Vidal	65
Mediocridade	71
Antonio Candido tradutor	77

Explicação

Este pouco mais que opúsculo já evidencia não se ter aqui uma correspondência propriamente dita; nem assim entende o destinatário que, publicando a dúzia e meia de curtas missivas recebidas do prof. Antonio Candido ao longo de um quarto de século, destaca a extrema cortesia que o saudoso mestre votou a um simples diletante da palavra escrita.

C.G.

Cartas do
prof. Antonio Candido

São Paulo, 20 de maio de 1991

Prezado Sr. Cláudio Giordano:

Muito obrigado pelos livros que teve a gentileza de me mandar, e meus parabéns pelo projeto editorial de que me dá notícia. Pela amostra, vejo que será coisa de real interesse, inclusive porque põe ao alcance do leitor obras pouco conhecidas ou desconhecidas de todo — como foi para mim o caso do curioso José Antônio Frederico da Silva.

Quanto a sugestões, não as tenho, nem são necessárias para quem está tão bem orientado, como o sr.

Com votos de bom trabalho e pleno êxito, aceite os cumprimentos do

Antonio Candido

MEDICINA
THEOLOGICA,
OU
SUPPLICA HUMILDE,
Feita á todos os Senhores Confessores, e Directores, sobre o modo de proceder com seus Penitentes na emenda dos peccados, principalmente da Lascivia, Colera, e Bebedice.

LISBOA:
Na OFF. DE ANTONIO RODRIGUES GALHARDO,
Impressor da Serenissima Caza do Infantado.
ANNO M. DCC. XCIV.
Com Licença da Real Meza da Commissão Geral sobre o Exame, e Censura dos Livros.

Medicina Teológica

Francisco de Melo Franco

MEMÓRIA 19

São Paulo, 21 de dezembro de 1993[1]
Prezado Sr. Cláudio Giordano:

Agradeço os volumes que tem mandado e são sempre um prazer para o leitor interessado em escritos fora da rotina. As suas coleções se distinguem não apenas pela beleza material da fatura, mas pelo critério com que são escolhidas as obras, que nos dão a oportunidade de conhecer textos tirados do esquecimento, ou textos atuais caracterizados pela raridade e a originalidade. Exemplo: a oportuna reunião feita por Murilo Marcondes de Moura dos escritos musicais de seu grande xará Murilo Mendes, que aliás ele estudou numa tese cheia de qualidades. Quanto ao passado mais ou menos remoto, digo-lhe que foi uma revelação a leitura da *Medicina Teológica*, certamente de Francisco de Melo Franco, livro que atrai pela marcha sinuosa da exposição, graças à qual o au-

---

1. Carta transcrita na edição de *Medicina Teológica*, Francisco de Melo Franco. Ed. Giordano, São Paulo, 1994.

tor se esgueira habilmente entre as malhas da censura do tempo. É curioso como ele vai procurando mostrar a base fisiológica dos vícios e das perturbações da mente, enfrentados como simples falta de virtude pelos confessores, aos quais recomenda que estudem fisiologia e neurologia, completando o ministério espiritual pela arte de formular...

Estas breves indicações lhe mostram como tenho apreciado o seu trabalho, requintado e consciencioso, graças ao qual temos podido acrescentar títulos inesperados às nossas leituras. Faço votos de êxito para o futuro.

Cordialmente,
Antonio Candido

Muito obrigado pelos votos, apresentados de maneira tão bonita e adequada, como é, aliás, tudo o que provém da sua imaginação editorial.

Deseja-lhe também um bom ano-novo o
Antonio Candido
jan. 99

❄

São Paulo, 29 de maio de 1999[2]
Prezado Sr. Cláudio Giordano:

Além de mandar a solicitada opinião sobre a sua revista, quero dizer que registrei com agradável surpresa o seu interesse por Odilon Azevedo, a respeito de quem posso dar as informações abaixo.

Odilon de Mello Azevedo nasceu em Santa Rita de Cássia, atual Cássia, Minas Gerais, em 1902, filho de Antenor Ma-

2. Carta fac-similada no nº 2 (junho de 2000, São Paulo) da *Revista Bibliográfica & Cultural*, editada pela Oficina do Livro Rubens Borba de Moraes.

chado de Azevedo e sua primeira mulher, Leoncina Cândida de Mello e Souza, irmã de meu pai. Fez os estudos secundários no Instituto Gammon, de Lavras, Minas Gerais, e formou-se em Direito no Rio de Janeiro no começo dos anos 1920. Publicou *Macegas* em 1923 pela Editora Leite Ribeiro. O livro teve certo êxito e suscitou críticas favoráveis de Monteiro Lobato (que se interessou em publicar um eventual segundo livro dele), Agripino Grieco e outros. É sem dúvida bom, mas não creio, *data venia,* que possa ser considerado precursor de Guimarães Rosa. A linguagem não tem invenção e o monólogo contínuo ocorria na literatura regionalista, como se pode ver em Afonso Arinos e Simões Lopes Neto. Em 1925 publicou outro volume de contos pela mesma editora, *Casa de Cômodos*. É inferior ao primeiro, mas interessante para nós, porque ficcionaliza tipos e episódios da nossa terra. Em 1926 ou 27 publicou o fraco romance *A Mulher do Promotor*, ainda por Leite Ribeiro (vê--se que o interesse de Monteiro Lobato não teve consequência editorial). De 1930 é

O 3º Sexo, mais do que fraco, bastante ousado para o tempo, pois trata de maneira precursora o homossexualismo feminino, mas como sátira ao feminismo. Dessa vez o editor foi Coelho Branco, e o livro anunciava uma "Biblioteca Odilon", da qual constavam, além dos já publicados, dois romances, dois livros de contos e uma peça de teatro, tudo com seus títulos e a notícia "em preparação". Mas nada disso veio à luz. Em 1932 saiu outro romance, também muito fraco e creio que o último livro que publicou, apresentado com ar de roteiro de filme: *O Amor Ainda Existe?* Resumindo, creio que escreveu apenas um livro de mérito: o que lhe chamou a atenção. Há verbete sobre ele no *Dicionário Literário Brasileiro*, de Raimundo Menezes, com vários erros, a começar pela data de nascimento.

Odilon era um belo homem, esbelto, simpático, e agradável conversador. Quis a princípio ser diplomata, mas acabou como ator a partir de 1926. Fez nome apesar de não ter muito talento para o palco e ser desservido por uma voz inadequada. Em

1930 casou com Dulcina de Moraes, atriz de grande valor. Fundou com ela uma companhia e acompanhou-a no importante esforço de renovação teatral nos anos de 1940 e 50, com sacrifício financeiro e mérito sobretudo dela. Morreu em 1966.

Odilon foi bom desenhista. Tenho dele duas mostras que revelam algum talento. Seu irmão mais velho, Antônio Cândido de Mello Azevedo, cirurgião em Bauru, era escultor bem dotado. Eles e um terceiro irmão, Moacir (o único com o qual tive convivência) eram os meus primos mais velhos do lado paterno.

E aí tem o sr. alguns dados sobre o esquecido autor que lhe interessou. Cumprimentos do

Antonio Candido

São Paulo, 29 de maio de 1999

Prezado sr. Cláudio Giordano:

Agradeço a oferta do primeiro número da *Revista Bibliográfica e Crítica*.[3] Concebida de maneira original, e mesmo inovadora, ela proporciona ao leitor um material de grande interesse. Não espanta que assim seja, pois há muito o sr. vem enriquecendo a nossa cultura com iniciativas editoriais de valor, quer pela concepção gráfica, quer pela qualidade dos textos, sempre reveladoras de algo que escapa à informação corrente.

Fazendo votos de continuidade para a publicação, aqui fica, apresentando cumprimentos cordiais, o

Antonio Candido

Antonio Candido de Mello e Souza

---

3. Lapso; o título é *Revista Bibliográfica & Cultural*.

Revista Bibliográfica & Cultural

DO LEITOR

Lér um livro é desinteressar-se a gente dêste mundo comum e objetivo para viver noutro mundo. A janela iluminada noite a dentro isola o leitor da realidade da rua, que é o sumidouro da vida subjetiva. Árvores ramalham. De vez em quando passam passos. Lá no alto estrêlas teimosas namoram inùtilmente a janela iluminada. O homem, prisioneiro do círculo claro da lâmpada, apenas ligado a êste mundo pela fatalidade vegetativa do seu corpo, está suspenso no ponto ideal de uma outra dimensão, além do tempo e do espaço. No tapête voador só ha lugar para dois passageiros: leitor e autor.

Os rumores do momento não conseguem despertar o sonâmbulo encantado, a caminhar sem vacilações sôbre o fio invisível da fantasia. Descobriu, pela mão do autor, outro mundo, sublimado e depurado, e dentro dêle alguém gritou: terra! terra! Volveu a si mesmo.

(Augusto Meyer)

Apoio Institucional

Prefeitura Municipal de São Paulo
Lei nº 10.923/90

Apoio Cultural

SIEMENS

Nº 1
maio 1999

São Paulo, 27 de agosto de 1999
Prezado Sr. Cláudio Giordano:

Obrigado pelo livrinho de Gil Perini,[4] bonito e elegante como todos os que edita.

Quanto às consultas, não poderei dar respostas satisfatórias. Do famoso Manuel de Abreu, elegante inventor da abreugrafia, que tanto serviço tem prestado, possui o livro *Substância*, em bonita edição de formato grande dos anos 20. Está no acervo que doamos para a Universidade de Campinas quando vendemos a casa de Poços de Caldas. Não lembro nada da leitura, feita quando eu era bem moço. Eram poemas de corte modernista que não me impressionaram com certeza, pois nunca mais voltei a eles. Creio que li, também sem maior entusiasmo, outros poemas do mesmo autor na revista *Lanterna Verde*, anos de 1930. Como vê, não tenho condições de opinar.

---

4. *O Pequeno Livro do Cerrado*. Ed. Giordano, 1999. Perini é médico cardiologista em Goiás. Ateliê Editorial republicou esta obra em 2003 e em 2011 editou também do autor: *O Afinador de Passarinhos*.

Lembro mais do romance *Planalto*, de Flávio de Campos,[5] que também se foi na doação de Campinas, em cuja Biblioteca Central da Unicamp deve estar dormindo dentro da capa avermelhada de Santa Rosa, edição José Olympio. É legível e foi meio badalado, porque tratava da vida boêmia, intelectual e política de São Paulo na altura da Revolução de 32, com toques de bairrismo ingênuo, se bem me lembro. No entanto, também nesse caso seria preciso reler para opinar.

Pedindo desculpas por não poder ajudá-lo, aqui fica muito cordialmente o
Antonio Candido

---

5. Vide Adendos, p. 47.

São Paulo, 2 de outubro de 1999
Prezado Sr. Cláudio Giordano:

Louvo o seu interesse por Francisco Escobar,[6] que parece ter sido desses homens de valor que não são reconhecidos à altura. Era muito culto, mas ao que eu saiba não deixou escritos além das cartas. Prefeito de Poços de Caldas, transformou a cidade graças a uma administração exemplar. Outro dia Luís Nassif escreveu sobre ele na *Folha*. Viu? Há uma biografia de qualidade modesta por Manoel Casassanta.

Fábio Lucas não entendeu bem o que eu lhe disse outro dia, pois meu pai não conheceu Escobar, falecido no fim de 1924, cerca de cinco anos antes de irmos morar em Poços. O que houve foi o seguinte: em 1930 convidaram-no para visitar a sua famosa biblioteca, na casa

---

6. Vide Adendos, p. 59.

onde ainda residia a família, que, parece, desejava vendê-la ao Estado e estava colhendo opiniões favoráveis. Meu pai foi e lembro que a achou excelente, orçando por uns quatro mil volumes. A família mudou de lá tempos depois e deve tê-los vendido a alfarrabistas, pois nos anos de 1940 comprei num sebo, em São Paulo, dois volumes de Diderot com o carimbo de Escobar.

Sendo o que ocorre, aí vai com os cumprimentos cordiais do
Antonio Candido

9. 2. 2000
Aos prezados Patrícia e Cláudio Giordano venho agradecer com muito atraso (pelo qual me desculpo) os bons votos, estaqueados em Rui Barbosa, desejando-lhe e a toda a família um novo ano cheio de paz e bom trabalho.
Antonio Candido

❄

S. Paulo, 10. 2. 2000
Prezado Sr. Cláudio Giordano:

Por uma série de circunstâncias, este ano estou respondendo com enorme atraso os cartões de Boas-Festas. Assim, só ontem respondi o seu e de Patrícia, e ainda não o havia postado quando recebi, hoje, a sua mensagem de solidariedade, que me sensibilizou muito.

Décio de Almeida Prado era um incomparável amigo de mais de sessenta anos, ao longo dos quais pude ver bem que homem excepcional tive o privilégio de ter como parceiro de uma convivência da qual só me vieram oportunidades de aperfeiçoamento e momentos de alegria. Do grupo de amigos reunidos em torno da revista *Clima,* salvamos hoje muito poucos, e estou certo de que todos concordariam em considerá-lo o melhor de todos.

Abraço cordial do
Antonio Candido

S. Paulo, 15.11.00

Prezado Sr. Cláudio Giordano

Reli depois de meio século o artigo sobre *O nobre*, que deveria ser a introdução de mais três, motivo pelo qual, suponho, não juntei a bibliografia, decerto reservada para o fim. É uma compilação pouco original, mas se quiser publicá-la para um pequeno grupo creio que não compromete.[7] Anotei os erros seguintes:

- Pag. 7, penúltima linha: é "Boulainvilliens" (lembro que fui ler o livro na Biblioteca Nacional do Rio).
- Pag. 8, linha 4: o correto é: "Antes da Alta Idade Média".

---

7. Com este artigo do prof. Antonio Candido, a Oficina do Livro Rubens Borba de Moraes, em coedição com a Imprensa Oficial, inaugurou a coleção dos doze opúsculos publicados em 2002 sob o título de "Plaquetas da Oficina". O texto do prof., intitulado "O nobre - Contribuição para o seu estudo", saiu originalmente em *Sociologia - Revista Didática e Científica*. Volume X, nos. 2-3, 1948.

- Pag. 12, linha 1: o correto é: "... nas ordens cavaleirescas então fundadas".
	Abraço do
		Antonio Candido

Cláudio Giordano

editando o editor 6

S. Paulo, 16 de novembro de 2003
Prezado Sr. Cláudio Giordano:

Imagine que só agora li direito *Editando o Editor*, que me mandou há tantos meses e cuja leitura me encantou, pela sinceridade e a penetração do seu importante depoimento. O seu mérito de lutador muito original no campo do livro é grande. Por isso é justo que seja homenageado sob a forma que os estudantes acolheram com pertinência. Como admirador constante do seu trabalho e das suas realizações, associo-me por meio desta ao coro de apreço que o sr. tanto merece.
Abraço cordial do
Antonio Candido

❄

S. Paulo, 29.11.03
Prezado Sr. Cláudio Giordano:

Só agora respondo sua carta de 30 de outubro, que foi para mim grande surpresa, pois não me lembrava dessa entrevista a *Visão*. Li-a quase como quem lê o trabalho de um estranho, e autorizo com prazer, agradecendo muito, o destino que lhe quer dar.[6]

Minha filha Ana Luisa contou que fora encarregada pelo sr. de entregar-me algo, que por descuido incorporou ao material despachado para o Rio, de modo que ainda não chegou às minhas mãos.

Abraço cordial do

Antonio Candido

---

6. Reproduzimos finalmente esta carta e a entrevista da *Visão* em *Apontamentos de Leitura*, Sesi-SP Editora, 2015.

❋

S. Paulo, 10 de junho de 2004
Prezado Sr. Cláudio Giordano:

Creio que já lhe escrevi agradecendo "Os livros e eu", porque lembro que fiquei sensibilizado por ter recebido um exemplar de uma restrita tiragem de 12, ainda mais sendo o meu excepcional, por ser "prova do editor". Se não escrevi, foi uma falta grave pela qual me desculpo, e seja como for, hoje reli o opúsculo com o mesmo interesse. O sr. descreve a sua condição de leitor de maneira que me fez lembrar a minha. Meu pai, médico muito culto, se alarmava com o meu borboletear de livro a livro, sem método, sem excessiva paciência, e recomendava que eu escolhesse alguns temas e me concentrasse neles... Mas qual! O que eu queria mesmo, e sempre quis, foi divagar. Por isso nunca fui especialista em nada e passei a vida indo e vindo da sociologia à crítica, da crítica à história, da história à teoria literária. De modo que apreciei muito a maneira despretensiosa e justa com que descreve esse espírito de passeio, que abre para a nossa inconstância veredas tão agradáveis. Muito obrigado pelo passeio que me proporcionou seguindo os seus passos.

Abraço cordial do
Antonio Candido

S. Paulo, 25 de abril de 2005
Caro Sr. Cláudio Giordano:

Obrigado pelas sucessivas remessas, sempre interessantes. O sr. tem o talento das coisas raras, não apenas quanto ao conteúdo, mas quanto à apresentação. A Coleção Leitura Maior é muito bonita e oportuna, porque põe em circulação matéria pouco conhecida, sempre apresentada por introduções adequadas. Não li tudo, mas tenho dado boas olhadas. O que li com grande prazer foi a encantadora história das formigas, com o texto de Vicente Temudo Lessa. Conheci-a na infância num dos livros de crônicas históricas de Viriato Correia (se não estou enganado) e reencontrá-la em edição tão encantadora foi boa surpresa.

Abraço cordial do seu grato
Antonio Candido

Com os agradecimentos pela mensagem e a linda plaquette,

ANTONIO CANDIDO DE MELLO E SOUZA

abraça cordialmente o prezado amigo Cláudio Giordano.

10.8.08

S.P. 25.02.10
Prezado Sr. Cláudio Giordano:

Aí vai o texto[8] em segunda remessa. Espero que o receba. Como não saí hoje, preferi copiar eu próprio, o que favoreceu o aparecimento de alguns erros de datilografia. Pelo sim, pelo não, peço acusar recebimento por telefone.
Cordialmente,
Antonio Candido

8. Vide Adendos, p. 65.

S.P. 31.1.13
Caro Sr. Cláudio Giordano:

Há algum tempo o sr. me escreveu fazendo perguntas sobre Paulo Duarte. Dias depois, quando me preparei para responder, não encontrei a carta no momento nem depois. Anda extraviada na desordem dos meus papéis. Muito contrafeito, peço-lhe o favor de me escrever outra, para que eu tente dar-lhe as informações que ocorrerem.

Peço sobretudo que desculpe e não me queira mal.

Abraço do

Antonio Candido

Pedro Espinosa

El Perro y la Calentura

El Perro y la Calentura de Pedro Espinosa foi produzido por GIORDANUS para a BIBLIOTECA PAULO MASUTI LEVY e OFICINA DO LIVRO RUBENS BORBA DE MORAES em edição fora do comércio de 50 (cinquenta) exemplares numerados. Dezembro de 2010. São Paulo / Limeira.

Exemplar nº 33

Colofão

S.P. 11.02.13
Caro Sr. Cláudio Giordano:

Muito obrigado pela compreensão e pela oferta do curioso livro de Pedro Espinosa (que não remetera antes), em edição preciosa pela limitação de números de exemplares. Mas no momento quero apenas responder ao que pergunta sobre Paulo Duarte, com quem tive relações cordiais na parte final de sua vida. Era muito sociável, conversador emérito, com rara vivacidade, cheio de casos de sua vida movimentada. Conheci-o quando voltou do exílio, talvez em 1946, mas só mais tarde nos aproximamos. Fazia muitas coisas ao mesmo tempo, inclusive pesquisas arqueológicas, e a revista *Anhembi* foi um empreendimento cultural que marcou.

Quando vendeu a sua biblioteca à Unicamp, fiz parte da comissão que deu o parecer a respeito, tendo como companheiros Sérgio Buarque de Holanda e o editor José de Barros Martins. Não lembro se havia mais alguém. Por minha sugestão, atuou como perito o livreiro Olyntho de

Moura, que dividiu o acervo de dez mil volumes em duas partes: 1.000 de grande valor, avaliados em 90% do valor total, e 9.000 de valor menor, avaliado em 10%. Creio que foi isso.

Li muitos dos seus artigos, em geral de tendência à prolixidade, e admirei a coragem com que se manifestava e chegava à desabrida veemência. Acho que não tinha medo de nada, e ouvi dizer que certa vez quebrou uma cadeira num famoso e truculento valentão que havia por aqui. Era generoso e capaz de estender a mão a um adversário acuado. Uma vez atacou duramente o governador Adhemar de Barros a propósito da compra irregular de caminhões para o governo. Foi um caso famoso e falou-se que o governador se refugiaria na Bolívia. Então, ele ofereceu-lhe abrigo em sua casa. É o que contavam; se não for verdade, ilustra bem o seu modo de ser.

Das caudalosas memórias que publicou, li salteados alguns volumes iniciais, interessantes, que me deram por vezes a impressão de retoques da realidade para fazer efeito. O seu mérito como homem público me parece grande, sobretudo devido à atuação na prefeitura Fábio Prado, quando teve a ideia do Departamento de Cultura e convenceu Mário de Andrade a aceitar a direção. Acho que tinha um sentimento forte de seu dever como jornalista, por isso não hesitava em atuar com destemor nas causas que lhe pareciam justas. E era bom, sendo uma companhia encantadora.

Abraço cordial do
Antonio Candido

S.P. 16.6.14
Prezado Sr. Cláudio Giordano:

Obrigado pela sua correspondência de 5 deste mês, encaminhando gentilmente o texto de Álvaro Lins, que é das opiniões mais honrosas de que fui objeto. Ele era meu amigo e eu sempre tive por ele uma grande admiração, considerando-o o maior crítico brasileiro do meu tempo, no qual não faltavam outros de grande categoria, como Alceu Amoroso Lima, Augusto Meyer, Lúcia Miguel Pereira, Sérgio Buarque de Holanda e outros.

E isso me traz ao seu livrinho *Mediocridade*,[9] ao qual só cabe este título por antífrase. Custei um pouco a lê-lo, mas fiquei encantado desde o primeiro contato "em diagonal", como dizia meu mestre Cruz Costa, e tenho voltado a ele mais de

---

9. Vide Adendos, p. 71.

uma vez. Com admirável simplicidade, sem vislumbre de pedantismo, numa linguagem translúcida, pessoal e corretíssima, o sr. filosofa com admirável argúcia, travejamento lógico e pertinência. O leitor vai ficando cada vez mais preso à coerência da argumentação, que o convence com a força da verdade. É digno de apreço o método de exposição, que junta ao texto transcrições oportunas de acentuada variedade, enriquecendo a argumentação. Se precisasse dar destaque a algum, eu pensaria no admirável de Tomás More, inserido "hors-texte". Não fosse ele um dos espíritos mais justos e de personalidade mais nobre de que se há notícia.

Como vê, devo-lhe o prazer de uma leitura altamente compensadora, que fala muito nas entrelinhas do equilíbrio e da retidão de quem a concebeu e produziu.

Abraço cordial do
Antonio Candido

S.P. 19.1.15
Prezado Sr. Cláudio Giordano:

Muito obrigado pelo retrato e pelos trechos da correspondência de Guilherme de Figueiredo, que levam a pensar no passado já tão remoto.
Abraço cordial do
Antonio Candido

Adendos

Revista Bibliográfica & Cultural

Como se deveria ler um livro?

Antes de mais nada quero chamar atenção para o ponto de interrogação ao cabo do título acima. Mesmo que eu pudesse responder à pergunta por conta própria, a resposta só se aplicaria a mim e não a vocês. O conselho único que, de fato, alguém pode dar a outrem sobre leituras é o de não aceitar conselhos, de seguir seu próprio instinto, usar sua própria inteligência e tirar suas próprias conclusões. Se isto fica entendido entre nós, então me sinto à vontade para expor algumas idéias e sugestões, pois vocês não permitirão que elas tolham a qualidade mais importante que um leitor pode ter: a independência. Afinal, que leis se podem estabelecer acerca dos livros? A Batalha de Waterloo aconteceu certamente num dia determinado; mas será *Hamlet* uma peça mais importante do que *Lear*? Ninguém pode dizê-lo. Cada um carece de resolver essa questão por si mesmo. Admitir em nossas bibliotecas autoridades, por mais sólidas e reconhecidas que sejam, e deixar que nos digam como ler, o que ler, que importância dar ao que lemos — é destruir o espírito de liberdade, que é a alma desses santuários. Em qualquer outra parte podemos ser regrados por leis e convenções — neles, porém, não temos nenhumas.

Virginia Woolf

IMPRENSA OFICIAL

Oficina do livro Rubens Borba de Moraes

edusp

Nº 2
junho 2000

138. *Quixote*, Sylvio Figueiredo. Edição do autor (Tipografia São Benedito), Rio de Janeiro, 1934, 198pp. Capa (da qual se tirou o logotipo) para a Oficina do Livro Rubens Borba de Moraes) e ilustrações do autor. Anuncia-se de S. Figueiredo na página quatro do brochure: *Contra que a vida escreveu* (1931), e sair: *Pinga-mi-sérias* (contos), *A máscara e o risto* (sátira), em preparo: *A cidade do Sol* (sátira).

Flávio de Campos

À época desta carta do prof. Antonio Candido (27.08.1999), publicamos o nº 2 da *Revista Bibliográfica & Cultural* (junho/2000) na qual registrávamos obras de Flávio de Campos e longa missiva sua escrita a Plínio Barreto, missiva essa que integra o rico acervo da CORRESPONDÊNCIA PASSIVA DE PLÍNIO BARRETO que a OFICINA DO LIVRO RUBENS BORBA DE MORAES doou ao IEB-USP, onde se encontra já digitalizado e disponibilizado para consulta.

Aproveitando o ensejo, repetimos à frente a matéria divulgada na citada *RB&C*.

As circunstâncias não permitiram apresentássemos neste número, a exemplo do anterior, um dossiê de cartas do acervo passivo de Plínio Barreto. Queríamos inclusive, aproveitando espécimes ali existentes, trazer à baila a figura singularíssima de Francisco Escobar, reconhecido como responsável maior pela consumação de *Os Sertões* de Euclides da Cunha.

Entretanto, extraímos daquele acervo uma carta isolada, que nos chamou atenção pelo estado deteriorado do manuscrito e que, para evitar perda total, apressamo-nos em recopiar. Nesse ato, pudemos sentir o drama que o missivista atravessava: escritor, não lhe apoiava o pai a carreira e cortou-lhe a ajuda financeira, num momento em que padecia de sérios problemas de saúde. (Ao que parece, ele veio a morrer em consequência desses males, três anos depois, aos 44 anos de idade.) Ao expor os fatos a Plínio Barreto, revela muito de sua personalidade e, de passagem, fornece-nos curiosas referências de época, como, por exemplo, as consequências que a mudança da moeda (no caso a adoção do cruzeiro em troca do real, que ocorreu àquela altura). O missivista é Flávio de Campos, autor de vários livros, dos quais dois existem na biblioteca da Oficina e aqui registramos. Por sinal, no prefácio dos poemas publicados em 1926 (*Os Poemas Verdes da Melancolia*), já declara os problemas da repressão familiar enfrentada por ele:

> *Se você soubesse, leitor, se você soubesse quanto desespero, quanta angústia, quanta dor exigiram os pobres versos de que está rindo... Se você soubesse que eu os faço, a medo, em segredo, com temor de contrariar os meus... E em casa de meu pai, quanta vez, eu, de olheiras roxas, cinzentas, a querer apagá-las, a procurar escondê-las, porque, na casa de meu pai, chamam de asneiras minhas poesias violentas, chamam de doidices meus poemas às estrelas!...*

>   Rio, 17 de janeiro de 1944.

Dr. Plínio:

Estas linhas de agradecimento ao trabalho que o Sr. desinteressadamente se deu por minha causa vão um tanto retardadas porque me tem sido difícil arranjar alguns momentos de serenidade e relativo sossego, após o enorme abalo proveniente do bloqueio cardíaco que me prostrou até agora, abalo seguido, como o Sr. sabe, de outro pior, este psíquico, este moral, que foi o rompimento com os meus que me não ampararam. Pior que o bloqueio que, ao que me parece, me teria liquidado entre os dias 10 de novembro (noite de sua irrupção) e 15 ou 16 do mesmo mês, dia em que comecei a voltar à consciência e tomar conhecimento do mundo exterior, a ter permissão de ver a luz através das venezianas, já então abertas, de meu quarto. Pior que o bloqueio em si, dr. Plínio, desta vez eu vi, desta vez ficou provado, foi o choque causado a meu temperamento e a minha sensibilidade, por natureza e predestinação (vá lá a velha e envaidecente explicação) gloriosamente hipervibráteis, pelo gesto impensado da criatura que me gerou. Minha mãe, dr. Plínio, minha mãe, arranjando um pretexto, exterior e interior, para ser narrado e para ser usado como calmante da própria consciência acusadora, ela, mais que o bloqueio, claro que em perfeita ignorância do alcance das consequências de matar-me! E já que lhe estou a falar com esta franqueza, que suponho deva ser a catarticamente empregada pelos crentes em suas comunhões, confissões, ou que outro nome tenham; e lhe estou a falar por motivos que logo adiante o Sr. perceberá, deixe-me contar-lhe que, quando eu começava a restabelecer-me de modo firme e continuado, eis que o Sr., atendendo a pedido meu, vem surpreender-me no meu abandono e na quase miséria a que toda a família coagiu o doente com sua pobre companheira, ouve-me em longa, balbuciante e confusa reconstituição da longa história dos desajustamentos entre eu e os meus e, resultado: entende-me mal e, em meu nome, em nome de quem está mais que amparado pela própria consciência e até pelo Direito, vai transmitir aos pais, que se transformaram em algozes meus (repito que até certo ponto eles agem sem saber ao certo até onde vai o crime que praticam), um pedido, quando meu temperamento consentiria, quando muito, que em meu nome lhes fosse feito um aviso, ou, mais claramente, um ultimato. Isso que lhe relato, dr. Plínio, porque ou bem que sou franco, ou nada lhe escrevo, isso (desculpe-me o conselheiral...) não somente lhe prova quanto as palavras iludem, embaralham e servem para criar desentendimentos, mesmo quando usadas por dois senhores delas, no caso nós dois, verdade que senhores delas em linguagem escrita, e quanto sofri, pois, pedir — ainda mais tendo razão — aos que me puseram no mundo — isso eu não faço, meu caro!

Dr. Plínio: já estou vendo que é impossível escrever-lhe a carta que pretendia — carta calma, serena, bem estruturada e alicerçada como evidentemente sei fazer. Mas, além do assunto ser a minha carne, e estar sendo vivido intensamente, por ora ainda estou saindo da tremenda depressão, e claro que nem todas as forças voltaram a meu corpo, mormente as mais elevadas, que me permitiriam algo longemente parecido com uma criação a um tempo lógica e literária. A verdade é a seguinte: comprei um *Código Penal* (já saí duas vezes de casa e dentro em pouco colocarei o "bridge" que substituirá os dentes que a medicina condenou, não sei se inocuamente ou com bons resultados) e nele vi que os artigos 244 e 132 colocam-me uma arma na mão. Ora, apesar de eu não "crer" no Direito, de conhecer a geral ignorância dos advogados e a perigosa burrice erudita dos juízes, desembargadores e ministros (quanto mais alto, mais curtos), estou tentado a experimentar a arma. Sou homem de luta (e isso acentuei-lhe na minha miséria física, repetindo-lhe mais de uma vez o diagnóstico de meu tio Alberto Seabra: "Você briga com seu pai porque é igual a ele..."), essa é uma luta que ainda não tentei. Pois, nesse sentido escrevi a um colega meu — Filomeno J. da Costa — a quem pretendo passar procuração, a fim de chamar à lide aquelas pessoas que eu lhe disse claramente que, na sua cegueira e obstinação (sua deles), deixaram de ser meus pais e são, hoje, os piores inimigos que possuo; os que me negam dinheiro, que afinal é meu, a mim, a quem, nas circunstâncias em que estou, dinheiro é saúde, e saúde possibilidade de prolongar esta vida periclitante.

Assim firmemente convicto, não tenho, já agora, a menor hesitação. Por intermédio de Filomeno da Costa, de Adriano Marrey, de J. Canuto Mendes de Almeida, Basileu Garcia ou de outro colega e amigo de que não me tenho lembrado até agora, dentro de poucos dias chamarei meu pai a juízo, para responder por uma queixa-crime, e para mover-lhe concomitantemente ação cível, para estabelecimento judicial de Alimentos, como me preceitua, ao menos teoricamente, o C. Civil. Já lhe disse e repito: vou completar quarenta e um anos, estou cada vez pior, apesar do médico ser excelente em todos os sentidos, como profissional e como cidadão modelo; logo não posso mais esperar, a exemplo dos irmãos, ao mesmo tempo egoístas, infantis e amendrontados diante do pai (a família de meu pai é a tipicamente descrita por Capistrano), que o capricho arrefece, mesmo porque não arrefece nem da parte dele nem da minha.

Mas... a que vem tudo isto? Um momento, dr. Plínio. Está tudo sem ordem, mas tenha paciência. Estou a explicar-lhe que já escrevi a advogado, ao Ruy Bloem, a Affonso Schmidt (a este simplesmente relatando tudo e pedindo, como redator do *Estado* — e o Sr. não pode, com seu prestígio, tentar anular isto que lhe conto ao Sr. como advogado — que em hipótese nenhuma, minha morte sirva de propaganda para tios, irmãos *et reliqua);* estou-lhe relatando, repito, porque eu o autorizo, sem quebra de nenhum segredo profissional ou simples discrição social, a conversar — se o Sr. quiser, atente bem, se o Sr. quiser, pois não estou solicitando nada — a entender-se com o Ovídio, exibir-lhe estas linhas, exibir só, não entregar, está claro, e ele, como irmão, se quiser, por sua vez, que procure diretamente Aurelino ou esta velha carapaça de egoísmo e insensibilidade em que os velhos miseravelmente se vão transformando, e, com ou sem coronel Bento, podem — agora, sim, permito isto e aceito qualquer juízo que queiram fazer da proposta — podem, repito, fazer, em meu nome, esta "proposta" a[o] sr. Aurelino Pires de Campos, que está deixando de ser honesto e correto, por burrice e teimosia: — ele que me entregue os 380 contos, preço por que torrou a casa da av. Luís Antônio, 3742, e que até hoje estão paralisados em banco, e me dê, ainda mais, os 200 contos em apólices que estão dentro do cofre. Aí está: 600 mil cruzeiros nesta época em que esse é o preço de qualquer apartamento, e desisto em vida de qualquer pensão mensal, desisto de ações etc. e eles que remunerem ainda mais ao Sr., que então agirá nitidamente como advogado. Isso contrabalança o prejuízo que eles me vão dar em testamento, não por amor a outros filhos ou netos — atente Dr. —, mas porque eu, pobre, eu, doente, brigo com eles.

"Chantage"? Já lhe disse e repito que não me interessam juízos alheios. Sei dentro de mim mesmo, estou convicto no mais profundo do meu foro interior que, acima ou igual a mim, como inteireza, muito pouca gente haverá. Defendo aqui meu direito mínimo de viver. É por essa inteireza que o Direito, parcial como é, me enojou; que jamais aceitei sinecuras inúteis, pois, faz parte de meu "programa" a derrubada do funcionalismo supérfluo; e que, como proprietário de empresa jornalística não pude ganhar vintém. Agora, se nada fiz para justificar minha existência — e acho que só o *Planalto* a justifica de modo muito mais alto e útil que toda uma longa vida de qualquer profissão vulgar — tenho o que fazer para já como romancista. Em março inicio outro romance, pois já entreguei aquele de que vendi por dez contos uma edição — *Baguá*. De agora em diante meus livros serão muito diferentes e a família entrará dentro deles, toda ela talvez, com suas misérias e fraquezas peculiares a sua classe econômica etc. etc. Quanto ao que estou a exigir do senhor meu pai é simples. A vida toda, ele e a rede de pobres-de--espírito, que são seus amigos diletos: o cunhado Antenor de Camargo Penteado, visivelmente subnormal. Fred. Keller e outros quitutes de igual desvalia mental, a vida toda ele passou a discutir o preço que valia, dia por dia, o metro de terreno na rua Direita ou no Carandiru. Pois muito bem: era um enchimento, uma finalidade, digamos, da vida. Pois não é que, completados seus 64, esse alto entendido em terrenos etc., entrega a residência da família, casa construída há quinze anos, com ótimo material etc., por um preço que mal paga o simples terreno... É que, na mudança de mil réis para cruzeiro, ele, como muitos outros, perdeu a tramontana. E, ademais, estrábico, sem hábito de olhar os exemplos lá de fora, sem intuição ou voo para sondar os rumos que a vida vai tomando, não percebe a inflação que nos afoga e de que é um dos índices mais expressivos precisamente a supervalorização imobiliária. Logo, já que ele quer empobrecer e meus irmãos não são adultos, não são homens; e as irmãs que não me vieram ouvir, esses pequenos hipócritas que atacam os pais e não têm coragem de censurá-los lisamente, frente a frente — eu, capengando, morre-não-morre, tenho que me defender e à minha mulher, pois preciso de certa calma para botar o lápis no dedo e descascar os três ou quatro livros que hão de ficar.

Dr. Plínio, vou parar. Isto está um relatório enorme. A razão que mais lhe interessa pessoalmente e que lhe vou explicar é a seguinte: *amanhã, caso me seja útil, juntarei sua carta aos autos*. Sua palavra faz fé por assim dizer a ela, sem que o senhor evidentemente possa perceber como e por quê, está a meu lado na orientação que farei imprimir-se às ações. Queira escusar-me a longa dissertação, consolando-se com a verdade de que afinal fica com um documento íntimo, que amanhã talvez seja valioso para certo gênero de bisbilhoteiros, e aceite os agradecimentos de seu

Conf. Col. e Am.

Flávio de Campos*

E.T. Escrevi, escrevi e não disse nada! O que eu quero, Dr. Plínio, é que uma sentença judicial faça meu pai perceber que a fortuna é e não é dele, é patrimônio de família, vindo através de Bento Pires (o Velho), do alferes José Manuel, do capitão João P. de Almeida Tacques etc., ascendentes meus e deles, descendentes, como eu, dos Moraes d'Antas, dos João Pires, o Gago etc. — O que é preciso é que já agora não só Aurelino mas Ovídio e todos, uns por ação, outros por omissão passiva, percebam que arrancam do caminho "natural" de exaltação dos paulistas-velhos o único descendente que até hoje se fez romancista. Cruzam os braços? Pois dançarão todos, todos eles, para riso e gozo dos pobres e humildes, para mofa e caçoada do Brasil não bandeirante.

Mesmo que eu perca judicialmente, está bem. Além de ser "uma" solução (a estatal, a oficial),

---

* A carta está datilografada até a assinatura. Depois dela é manuscrita em tinta verde, havendo também acréscimos e correções manuscritas em vários pontos da missiva.

fica-me o consolo de poder meter o cassino judiciário, com seus juízes, promotores, "boleiros", *croupiers* etc. etc., dentro de meu terreno — o romance — e zurzi-los à vontade.

Francisco Escobar[*]

O mineiro desconhecido ou esquecido Francisco Escobar ocupa lugar de destaque na história de *Os Sertões* de Euclides da Cunha. Lê-se de Francisco Venâncio Filho em *Euclydes da Cunha e Seus Amigos* (Cia. Ed. Nacional, 1938):

Francisco Escobar é, ao lado de Júlio Mesquita, a quem devemos Os Sertões. *Se foi o grande jornalista que proporcionou a Euclides da Cunha a oportunidade da viagem a Canudos, não fosse a ação providente de Escobar e teríamos apenas fragmentos do nosso maior livro.*

Luís Nassif escreveu na *Folha de S. Paulo* ("O gênio de Escobar", 19.9.1999): "Se existia alguém inteligente no Brasil no começo do século, era o Escobar. Ruy Barbosa o chamava de 'cabeça de Salomão, pois sabe tudo o que eu sei e ainda o que eu não sei: música'. Euclides da Cunha o tratava de 'meu mestre', assim como Monteiro Lobato".

Responsável pela OFICINA DO LIVRO RUBENS BORBA DE MORAES, fomos tutores da documentação

---

[*] Vide carta de 02.10.1999.

UNIVERSIDADE ESTADUAL DE CAMPINAS
INSTITUTO DE ESTUDOS DA LINGUAGEM
CENTRO DE DOCUMENTAÇÃO CULTURAL "ALEXANDRE EULALIO"

Campinas, 11 de outubro de 2018.

Prezado Senhor
Cláudio Giordano

Em nome de toda a equipe do CEDAE, aproveitamos esta ocasião para agradecer-lhe pela doação do acervo de Francisco Escobar.

Preservado em nosso Centro para pesquisas, tal acervo receberá toda divulgação que merece e certamente será alvo de estudos não apenas da comunidade do IEL.

Aproveitamos a ocasião para enviar-lhe o contrato de doação assinado e uma cópia da listagem do material recebido. Peço-lhe que por gentileza, assine o contrato e nos remeta uma via para ficar arquivado no processo de doação do fundo.

Mais uma vez expressando nossa gratidão, subscrevemo-nos.

Cordialmente,

Roberta de Moura Botelho
Diretora Técnica
CEDA/IEL - UNICAMP

(acima de mil itens formada por correspondência, manuscritos, documentos etc.) de e referente a Francisco Escobar, recebida das mãos de sua filha Rosaura de Escobar Ribeiro da Silva. No segundo semestre de 2018, doamos esse acervo à Unicamp.

Caixas contendo o acervo de Francisco Escobar doado à Unicamp.

Duas caixas abertas do acervo de Francisco Escobar
doado à Unicamp.

O Escobar está aí!

Monteiro Lobato

Notara eu em certa roda de amigos, em São Paulo, extremo alvoroço, assanhamento quase, cada vez que corria esta notícia:

— O Escobar está aí!

Impressionado com a repetição do fato, indaguei do saudoso Adalgiso Pereira quem era esse "revolucionante" Escobar.

— Não o conheces? É incrível! Pois não conheces o Francisco Escobar?

— Há tantos...

— Há um, homem! Há um verdadeiro. Os outros são falsificados. Pois o Escobar é uma dessas criaturas que só vendo. Deixa, que qualquer dia eu to apresento.

Assim foi. E desde então fiz parte dos que se alvoroçam, dos que se assanham cada vez que Escobar surge-nos por aqui.

Qual o segredo disso? Coisa muito simples. É que em Escobar se reúnem todas as qualidades de coração e todos os valores de espírito, sem que ele jamais exiba nenhum. Nada mais natural, pois, nesta época de "plaqués" e "casquinhas" e valores falsos e exibicionistas, que seja ele o mais querido dos homens e que haja tanto e tão singular entusiasmo pela sua entrada no Senado mineiro.

LUIS FERNANDO VIDAL

SAHUMERIO

Luis Fernando Vidal
Sahumerio

Transcreve-se abaixo o texto referido na carta de 25.02.2010. Trata-se de uma apresentação à edição bilíngue e restrita que fizemos da narrativa *Sahumerio* do peruano Luis Fernando Vidal, amigo do prof. Antonio Candido.

[*Sahumerio*]

Este texto de Luis Fernando Vidal é extraordinário pela originalidade da concepção e da escrita. Descreve na chave da mais liberada fantasia uma famosa procissão anual da cidade de Lima, acontecimento que serve também para manifestar a aliança da Igreja católica com os poderes e ele transforma em gigantesco evento carnavalizado. Um dos traços singulares de *Sahumerio* é que a narrativa trepidante se alastra por dezenas e dezenas de páginas desprovidas de ponto, embora tenham os outros sinais. Resulta um período único, baseado numa espécie de

Nota a esta edição

Há alguns anos, o amigo Luís Eduardo Pio Pedro, que de longa data alimenta minhas aventuras de editor diletante, contou-me que, visitando em janeiro de 2000 o Prof. Antonio Candido, este lhe dissera que considerava *Sahumerio*, de Luis Fernando Vidal, uma das novelas mais interessantes da literatura latino-americana, discorrendo sobre ela e o autor, de quem fora muito amigo, e que morrera prematuramente numa noite de Natal ao abrir a porta de seu automóvel e ser colhido por outro que trafegava rente ao seu.

Mordido pela curiosidade, saiu o amigo Luís Eduardo em busca da novela e acabou achando pela internet a simpática plaqueta original num sebo norte-americano; ao recebê-la, grata surpresa — trazia sugestiva dedicatória autografa do autor:

> A Ileana Rodriguez,
> a quien estas páginas
> le deben tanto.
> Con aprecio
> FERNANDO VIDAL

Passou-me Luís digitalizado o texto castelhano, que eu me aventurei a pôr em português, com a mera intenção de que sirva de apoio à leitura do original. Tínhamos a promessa generosa do Prof. Antonio Candido de que ele faria uma nota de apresentação, caso surgisse a oportunidade de realizar uma edição. Em vão busquei essa oportunidade.

Anos se passaram e afinal ocorreu-me realizar divulgação que, embora absolutamente restrita, pelo menos registrasse entre nós a existência desse texto de Luis Fernando·Vidal, cuja força e originalidade vêm atestadas nas palavras introdutórias do Prof. Antonio Candido, a quem aqui externamos nossos agradecimentos.

C. Giordano

enumeração infinita e modulado pelo próprio ritmo do discurso.

Luis Fernando Vidal já tinha experimentado esse tipo de redação contínua em contos breves do seu livro de 1977, *El tiempo no es, precisamente una botella de champán*, mas em *Sahumerio* (1981) ela explode de maneira quase triunfal, que parece transformar a realidade em fantasia delirante, num atropelo incrível de pessoas, atos, cenas, coisas e sonoridades. No fundo, sempre alerta, a mais acerada sátira social, como se o *establishment* e a situação de ditadura do Peru, mas também o dia a dia da população fossem submetidos a um tratamento cômico e sarcástico, além de saborosamente pitoresco, que transfigura a realidade ao submetê-la com vivacidade jovial à lanceta da caricatura.

Sahumerio é um prodígio de imaginação estilística, voltada para expor a realidade a partir de ângulos inesperados. É uma sátira carregada de sentidos que, no entanto, deve ser apreciada como sendo ao mesmo tempo tributária da gratuidade, do mero prazer de associar dados e degustar palavras. O resultado é que a procissão carnavalizada transcende a cidade de Lima, para se tornar uma farândula fantástica.

Sem perder o cunho humorístico de grande farsa alegórica, expressa num eficiente estilo dual de caráter joco-sério, o relato sustenta bem a tonalidade crítica

---

SAHUMERIO
DE LUIS FERNANDO VIDAL
PUBLICA-SE EM EDIÇÃO BILINGUE,
COM APRESENTAÇÃO DO
PROF. ANTONIO CANDIDO,
PRODUZIDO POR
GIORDANUS
PARA A
OFICINA DO LIVRO RUBENS BORBA DE MORAES
COM APOIO DA
BIBLIOTECA PAULO MASUTI LEVY,
EM TIRAGEM REDUZIDA DE 50 (CINQUENTA) EXEMPLARES,
EM FORMATO MAIOR DE 19,5 x 28CM E CORPO DE LETRA 18
NO MIOLO. SÃO PAULO, MARÇO DE 2010.
EXEMPLAR N° 46

Colofão

burlesca devido à voz narrativa que Luis Fernando Vidal inventou, marcada por um toque meio sonso que ao mesmo tempo alivia e acentua a força da sátira. Às vezes parece que estamos presenciando uma espécie de procissão de doidos à maneira de Jerônimo Bosch, mas logo sentimos que se trata de exposição lúcida, programada com bom humor, graças à qual o autor pode delinear um retrato da sociedade. E então vamos nos deixando levar pelo fluxo verbal, quase forçados a ler no mesmo ritmo vertiginoso do discurso, ofegando um pouco, percebendo o desenrolar dos episódios, mas nos sentindo meio confusos no turbilhão do período único, recorrente, sem comportas, que nos mantém na espera frustrada do ponto que não aparece. Período que é uma verdadeira representação irônica da caudal sem fim.

Luis Fernando Vidal, falecido na quadra dos 40 anos por atropelamento, foi, além de poeta e contista, professor da Universidade de San Marcos, de Lima (Peru) e autor de valiosos estudos críticos, com interesse especial pelos métodos de ensino da literatura.

Nós nos conhecemos em Lima por intermédio do amigo comum Hildebrando Pérez e nos ligamos imediatamente a ele, minha mulher Gilda e eu, por um afeto marcado pela mais calorosa afinidade. A seguir nos correspondemos e convivemos em outras estadas no Peru. Era um amigo encantador, espirituoso e arguto, muito penetrante nos juízos. Interessado pela literatura brasileira, traduziu, entre outros, textos de Eduardo Portella, Mattoso Câmara Jr., Haroldo de Campos e meus. E como vinha travando relações com diversos colegas brasileiros, penso que acabaria vindo dar cursos aqui se não fosse a morte trágica.

✺

Antonio Candido

*Mediocridade**

No verão de 2014 imprimi 150 exemplares de um opúsculo com o título acima, que distribuí entre amigos e simpatizantes. Nele externei ligeira reflexão sobre a vida, juntando um punhado de citações de variados autores.

A acolhida foi cordial, traduzida em geral por palavras de endosso às reflexões expostas. Uma dessas manifestações proveio justamente do prof. Antonio Candido, o que me confortou sobremaneira.

Surgiu oportunidade de publicar um volume com anotações minhas de leitura; animado pela acolhida do opúsculo, incluí-o com o mesmo título "Mediocridade" e como primeiro capítulo do livro, afinal editado em 2015 pela Sesi-SP editora: *Apontamentos de Leituras*.

Ao escrever "... Tomás More, inserido 'hors-texte'", referiu-se o prof. Antonio Candido a trecho da *Utopia* que transcrevi no cartão que fiz acompanhar cada exemplar do opúsculo enviado aos destinatários. Essa citação consta dos *Apontamentos*; pela importância, atualidade e força de expressão do assunto, vale a pena reproduzi-la aqui:

❊

---

* Vide carta de 16.06.2014.

Cláudio Giordano

Mediocridade

Mediocridade, Cláudio Giordano
foi produzido por
Giordanus
no verão de 2014.
Tiragem de 150 exemplares.
São Paulo.

Colofão

É justo que um nobre, um ourives, um usurário, um homem que não produz senão objetos de luxo, inúteis ao Estado, é justo que tais indivíduos levem uma vida caprichosa e esplêndida por entre a ociosidade e ocupações frívolas, enquanto que um trabalhador, um carreteiro, um artesão, um lavrador vivem uma negra miséria, mal podendo alimentar-se? E, no entanto, os últimos estão amarrados a um trabalho tão pesado e tão penoso que as bestas de carga mal suportariam; tão necessário que nenhuma sociedade poderia subsistir um ano sem ele. Na verdade, a condição de uma besta de carga parece mil vezes preferível; esta trabalha menos tempo, sua alimentação não chega a ser pior, e é mesmo mais conforme aos seus gostos. E depois, o animal não teme o futuro.

Mas qual é o destino do operário? Um trabalho infrutífero, estéril a esmagá-lo agora e a expectativa de uma velhice miserável no futuro; o seu salário diário não chega para todas as necessidades quotidianas; como, então, poderá ele aumentar sua

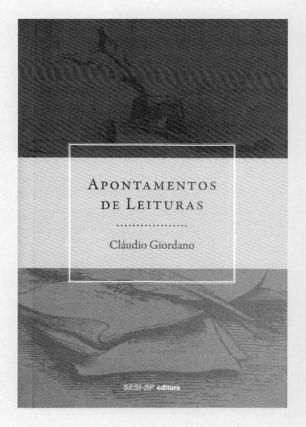

fortuna e reservar dia a dia um pouco do supérfluo para as necessidades da velhice?

Não é iníqua e ingrata a sociedade que prodigaliza tantos bens aos que se intitulam nobres, aos joalheiros, aos ociosos ou a esses artesãos de luxo que só sabem lisonjear e servir a frívolas volúpias; quando, de outra parte, não tem nem coração nem cuidados para o lavrador, o carvoeiro, o carregador, o operário, sem os quais não existiria sociedade? Em seu cruel egoísmo, ela abusa do vigor da juventude dessa gente para tirar dela maior proveito; e logo que fraquejam esses pobres homens, sob o peso da idade e da doença, justamente quando tudo lhes falta, é que ela esquece das suas canseiras infindas, dos seus numerosos serviços, e os recompensa deixando-os morrer de fome.

E não é tudo. Os ricos diminuem cada dia alguma coisa no salário dos pobres, não só por meio de manobras fraudulentas, mas ainda decretando leis com tal fim. Recompensar tão mal aqueles que mais merecem da República parece-nos à primeira vista uma evidente injustiça; mas os ricos fazem desta monstruosidade um direito, sancionando-o em leis.

É por isto que, quando considero e observo as repúblicas mais florescentes hoje, não vejo, Deus me perdoe, senão uma conspiração de ricos a gerir do melhor modo os seus negócios sob o rótulo e o título pomposos de república.

Tomás More — 1478-1535 —, pessoa da maior integridade, morreu decapitado, por não se dobrar aos caprichos de um rei mesquinho. Reproduzido de *A Utopia*. Atena Editora, S. Paulo, 1960, sem indicação do tradutor.

Antonio Candido
tradutor

Pouquíssimos foram meus telefonemas ao prof. Antonio Candido. Houve um, porém, que mereceu registro deixado na Apresentação de uma plaqueta que editei em 2008:

".... apanhei nestes dias três volumes publicados pela Cia. Editora Leitura na década de 1940: *Os Norte-Americanos Antigos e Modernos*, *Os Ingleses Antigos e Modernos* e *O Teatro Soviético*, Joracy Camargo. Os dois primeiros são de contos, um coordenado por Rubem Braga, outro por Vinicius de Moraes, ambos excelentes pela seleção, abrangência, apresentação e, quero crer, pela tradução; notável a quantidade e diversidade dos tradutores, vez que cada conto foi posto em português por penas diferentes. É por conta disso que nasce esta plaqueta.

Deparei-me lá às tantas com o nome do prof. Antonio Candido, como tradutor de 'Loura e grandalhona' de Dorothy Parker. Galhofamente pensei comigo: 'Eis aqui um Antonio Candido tradutor bissexto'. Presente na Oficina do Livro o amigo Marcos Antônio de Moraes, mostrei-lhe o achado; surpreendeu-se ele também, mas vendo entre os tradutores nomes como o de Décio de Almeida Prado, achou-o plausível.

O prof. Antonio Candido tem generosamente feito concessões à nossa contribuição no empenho de recuperação e preservação da memória histórico-cultural brasileira. Falei-lhe então por telefone sobre o episódio. A desilusão veio rápida:

— Mas a tradução não é minha, não, sr. Giordano.

E eu, querendo arrotar algum conhecimento, interrompi-o:

— Ah! Será então de seu homônimo português?

Na sua fala pausada, contou-me ele que fora muito amigo de Alfredo Mesquita, cuja irmã, Esther Mesquita, fazia traduções. À época da preparação do referido volume de contos, Alfredo disse-lhe que Esther havia traduzido um conto para a coletânea e gostaria muito de ver nela incluído outro de Dorothy Parker. Todavia, por restrição editorial, cada tradutor só podia comparecer com um trabalho. Importar-se-ia ele, Antonio Candido, de emprestar o nome para a lavra da irmã? O interrogado não viu inconveniente, até porque apreciava a competência de Esther em seu ofício. Acrescentou-me o professor que, tempos atrás, interessada em republicar o tal conto, uma editora o contatou para acerto de direitos: replicou ele que o assunto devia ser tratado com a família Mesquita.

Para os que desejarem conhecer a virtude de tradutor de Antonio Candido, impõe-se saiam à caça de uma peça de teatro, cujo nome ele me declinou, mas não anotei; para publicá-la, em que pesasse ser sua a tradução, careceu de assiná-la em co-autoria com um teatrólogo, por não pertencer aos quadros da SBAT..."

C.G.

© Imprensa Oficial do Estado de São Paulo, 2020

Biblioteca da Imprensa Oficial do Estado de São Paulo
Ivone Tálamo – Bibliotecária CRB 1536/8

Giordano, Cláudio
Antonio Candido, mestre da cortesia: cartas a Cláudio Giordano – [São Paulo]: Imprensa Oficial do Estado [2020]
84 p.

Inclui adendos : Flávio de Campos; Francisco Escobar; Luis Fernando Vidal; Antonio Candido tradutor.

ISBN 978-85-401-0175-3

1. Candido, Antonio, 1918-2017 – Correspondência 2. Cartas brasileiras I. Giordano, Cláudio – II. Título.

CDD 869.96

Índice para catálogo sistemático:

1. Correspondência: Século 20 : Literatura brasileira   869.96

TIPOLOGIA Arnhem, Garamond
PAPEL CAPA cartão triplex 250 g/m²
MIOLO offset 90 g/m²
FORMATO 12,5 x 19 cm
PÁGINAS 84
TIRAGEM 1000

Imprensa Oficial do Estado de São Paulo
Rua da Mooca, 1921 Mooca
03103 902 São Paulo SP Brasil
SAC 0800 0123 401
www.imprensaoficial.com.br

Gratidão

A Imprensa Oficial do Estado de São Paulo tem a relevar e a agradecer a generosidade de muitos que contribuíram para a realização deste livro, sem a qual ele não teria sido possível. Em especial, as filhas de Antonio Candido – Ana Luisa Escorel, Laura de Mello e Souza, Marina de Mello e Souza –; o editor Plinio Martins Filho, representando o setor de publicações da Biblioteca Brasiliana Guita e José Mindlin; Cristiano Mascaro, autor da fotografia da capa, que retrata o apartamento onde viveram a professora Gilda de Mello e Souza e o professor Antonio Candido; a revista *Piauí*, na pessoa de Raquel Freire Zangrandi, e, sobretudo, seu autor, Cláudio Giordano, cuja vida tem sido pautada pelos livros. Além de editora própria, que leva seu nome, Giordano fundou a Oficina do Livro Rubens Borba de Moraes. Diligentemente, formou um acervo de mais de 30 mil itens – livros, revistas, jornais, documentos – sempre disponíveis à consulta pública: inicialmente na casa-ateliê do artista Samson Flexor; ao final de 2006 foi doado à Biblioteca Central da Unicamp, onde segue aberto a estudiosos, pesquisadores e interessados. Ao Instituto de Estudos Brasileiros da USP (IEB), Giordano doou o arquivo com a correspondência passiva de Plínio Barreto (1882-1958), composto de mais de 1.200 cartas, em sua maioria manuscritas, de centenas de figuras proeminentes da história de São Paulo na primeira metade do século XX. Produziu ainda muitas edições artesanais e fora do comércio em parceria com o Atelier Além do Livro. Mencione-se também a *Revista Bibliográfica & Cultural* e o boletim *Nanico – Homeopatia Cultural*. Com a Imesp, Giordano publicou a tradução em português do incunábulo *Hypnerotomachia*

Poliphili, conhecido como *Sonho de Polifilo,* cuja edição original – realizada por Aldo Manuzio em 1499 – é referência obrigatória na história da tipografia, tanto pela arte da composição quanto por incluir mais de centena e meia de xilogravuras. Ainda com a Imesp, tem-se *O Lavater das senhoras, Obras do diabinho da mão furada, Mário, Otávio: cartas de Mário de Andrade a Otávio Dias Leite (1936-1944), Cárcere de amor.* Em 1999, recebeu o prêmio Jabuti de melhor tradução pela obra *Tirant lo blanc,* originada do catalão. Em 2018, foi agraciado, em sua 1ª edição, com o prêmio *Amigo do Livro.* Nesta oportunidade, a Imesp torna pública e rende suas homenagens ao grande editor Cláudio Giordano, ele, também, um mestre da cortesia.

IMPRENSA OFICIAL DO ESTADO DE SÃO PAULO

CONSELHO EDITORIAL
Andressa Veronesi
Flávio de Leão Bastos Pereira
Gabriel Benedito Issaac Chalita
Jorge Coli
Jorge Perez
Maria Amalia Pie Abib Andery
Roberta Brum

COORDENAÇÃO EDITORIAL
Cecília Scharlach

EDIÇÃO
Andressa Veronesi

ASSISTÊNCIA EDITORIAL
Francisco Alves da Silva

REVISÃO
Carla Fortino

PROJETO EDITORIAL E GRÁFICO
Cláudio Giordano

FOTOGRAFIAS
Capa | Biblioteca e escritório de Antonio Candido em seu apartamento à rua Joaquim Eugênio de Lima, São Paulo, SP, © Cristiano Mascaro, 2017
Miolo | Acervo Cláudio Giordano

IMPRESSÃO E ACABAMENTO
Imprensa Oficial do Estado S/A – IMESP

GOVERNO DO ESTADO DE SÃO PAULO

GOVERNADOR
João Doria
VICE-GOVERNADOR
Rodrigo Garcia

IMPRENSA OFICIAL DO ESTADO DE SÃO PAULO
DIRETOR-PRESIDENTE
Nourival Pantano Júnior